樂中國系列

十面埋伏

于虹呈　著繪

中華教育

「衝啊！」

漢王劉邦統領的各路兵馬浩浩蕩蕩，從四面八方圍追楚軍。

一時間，戰鼓喧天，萬馬齊鳴。

霸王項羽率領的楚軍見敵方突襲，自知歸路斷了，

只好帶軍退回到垓下，紮下營寨。

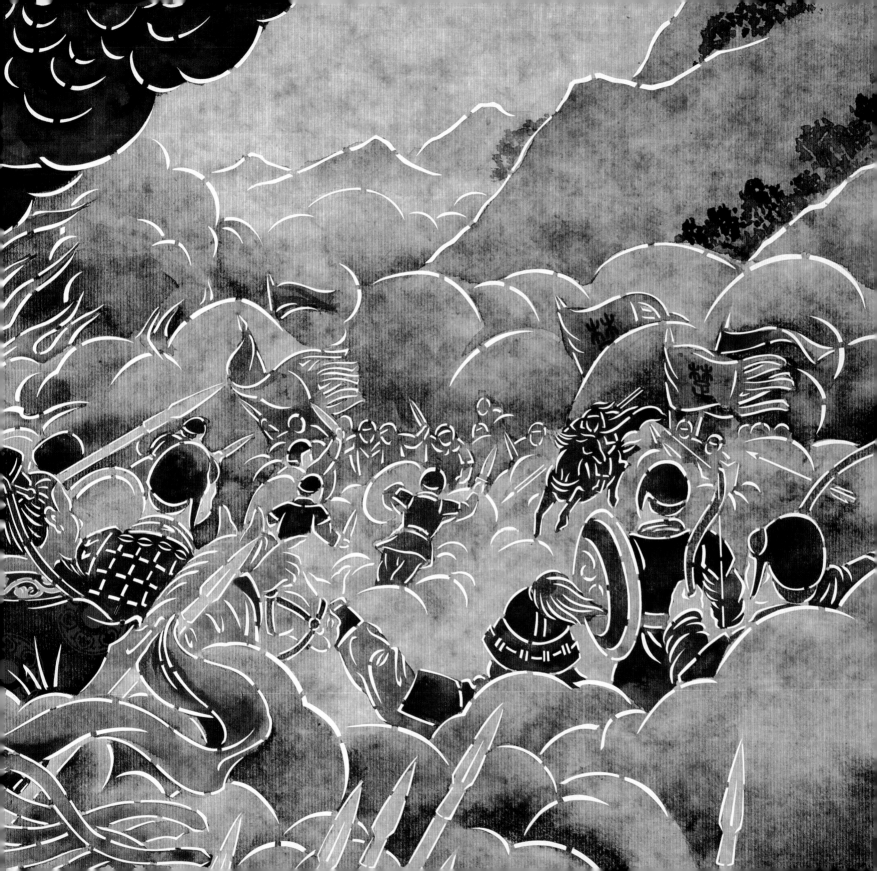

項羽營帳內，在外打探軍情的士卒倉皇來報：

「大王，大事不妙，我方營地已被漢兵重重包圍了！」

項羽一聽不禁瞪圓眼睛，震怒拍案。

夜裏，項羽剛剛睡下，

忽然聽到四面漢軍營裏全都唱起了楚歌。

他猛地坐起來，吃驚地説：

「難道漢軍已經攻下了所有楚地？

怎麼漢營中有這麼多人會唱楚歌？」

此時，項羽的營帳外，連連數日征戰的士兵們又餓又累，
一旁的戰馬彷彿也因為沒有可吃的草料而發出
「蕭——蕭——」的嘶叫。
陣陣楚歌也傳入楚兵們的耳中。

熟悉的故鄉曲調讓戰士們不禁想起了
楚江兩岸稻花飄香的美景，
想起了家鄉的父母妻兒，忍不住掉下眼淚。

征戰沙場數年的楚兵們聽着悠悠楚歌，
眼看着內無糧草、外無援軍，
都覺得突圍無望，不想再拚死打仗了。

開始，只是三三兩兩的士兵偷偷溜走了，
到後來大批的士兵也都散了，
甚至是跟隨項羽多年的將領們也都暗地逃了去。
楚軍就這麼自己垮了。

屢戰屢勝的楚軍如今卻變得不堪一擊，漢王劉邦和謀士們的計策果真神妙！

前不久，劉邦才與項羽定下了「鴻溝之約」，
約定楚漢雙方以鴻溝為界，平分天下，從此休戰。
然而，就在項羽帶兵往東邊歸去時，謀士張良卻向劉邦獻策：
「現在天下大半都已歸屬於大王了，而楚軍已兵疲糧盡、歸心似箭，
我們應該乘勢一舉消滅項羽，以除後患！」

劉邦一心要統一天下，
當即決定廢除和約，
親自率軍追擊項羽的軍隊。
同時，
他以分封大塊土地為好處，
說服韓信、彭越等人
率領兵馬前來會師，
一同追擊楚軍。

榮陽

聚集在垓下的各路兵馬，合計六十萬之多，
一路相連幾百里都是漢兵，
兵多糧足，聲勢浩大。

劉邦親點的主帥韓信在垓下兵分十路佈下兵陣，
讓層層漢兵緊密地埋伏在四面八方。

同時，為了動搖楚軍的軍心，
張良派人把會唱楚國民歌的人找來，
讓他們用最大的聲音朝着楚營一齊唱。

一連十來天，項羽幾次三番試圖親自率兵衝破埋伏陣，都沒能成功；

這天夜裏，楚歌聲聲又讓楚軍不戰自亂。

身陷重圍、孤立無援的項羽遙想過去的赫赫戰功，

如今卻陷入絕境，心像刀扎似的。

僅剩的兩位部將建議他不如趁天黑

帶着剩下的士兵殺出重圍，

抓住這一線希望，

或許還可以殺出重圍。

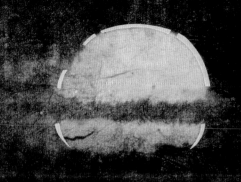

他叫人牽來了自己的愛馬——烏騅，一面撫摸一面吟歎：

「力拔山兮氣蓋世，
　時不利兮騅不逝。
　騅不逝兮可奈何，
　虞兮虞兮奈若何！」

一旁跟着項羽征戰多年的美人虞姬自知項羽捨不得離開自己，
但如果帶上自己誰也逃不掉。
趁項羽不注意，虞姬拔出寶劍往脖子上一抹，
自盡了。

含淚草草葬了虞姬，
項羽跨上烏騅，
怒吼着殺退了一層又一層湧上來
的漢兵，率領剩下的八百騎兵，
向南飛奔。

天亮時，劉邦才得知項羽已經突出重圍，
趕忙命令騎將灌嬰帶領五千精兵強將疾速追擊。
項羽駕着烏騅，飛一樣地跑，把漢兵撇在後面。
渡過淮水之後，
手下的一百多名士兵才快馬加鞭地趕上來。

項羽帶着一百餘人又跑了一程，

來到了一個三岔路口，前面是兩條大道，

一條往左，一條往右。

項羽一時迷了路，

而身後的漢軍還遠遠地追着不放，

他只得向路旁一位農夫問路。

農夫認出來者是項羽，立刻指了指，說：「往左邊走。」

項羽沒有猶豫便率眾人往左邊那條道跑去。

可是越跑越不對勁，最後連路都沒有了，

許多士兵的馬開始陷入了泥地裏，

連蹄子都拔不出來了。

原來，這竟是一片沼澤。

項羽這才知道是受了騙，趕忙調轉馬頭，

帶着僅剩的二十八個騎兵回到岔路口。

追上來的幾千漢軍又把他們層層圍住。

項羽自知不能逃脫，卻仍面無懼色，高呼道：

「我帶兵起義至今已八年。身經七十多場戰役，

從未失敗過。今日落得這般處境，是天要亡我，

不是戰爭的過錯。

我願與大家再痛痛快快地打它一仗，

就讓我先為你們斬下漢軍一員大將！」

騎兵們受到鼓舞，士氣大盛。

他們分四個方向迎向追兵。

項羽駕着烏騅衝到哪兒，哪兒就成了一個缺口。

不一會兒楚軍就殺死了敵軍百八十人，

而己方僅損失兩人。

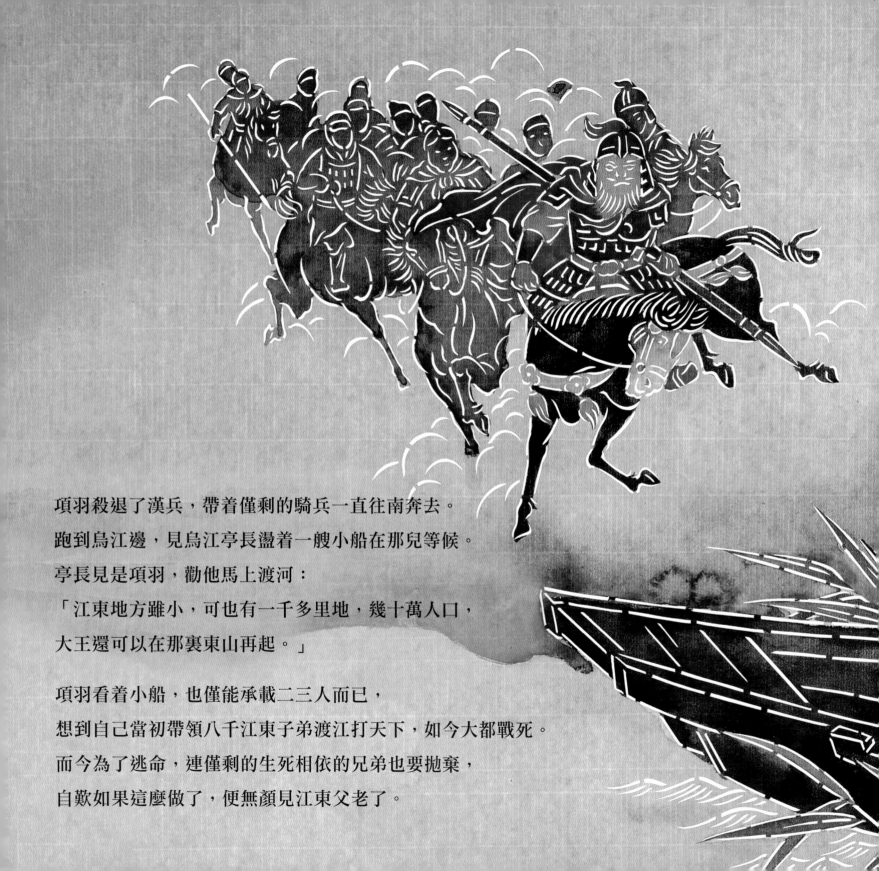

項羽殺退了漢兵，帶着僅剩的騎兵一直往南奔去。

跑到烏江邊，見烏江亭長盪着一艘小船在那兒等候。

亭長見是項羽，勸他馬上渡河：

「江東地方雖小，可也有一千多里地，幾十萬人口，

大王還可以在那裏東山再起。」

項羽看着小船，也僅能承載二三人而已，

想到自己當初帶領八千江東子弟渡江打天下，如今大都戰死。

而今為了逃命，連僅剩的生死相依的兄弟也要拋棄，

自歎如果這麼做了，便無顏見江東父老了。

項羽下了馬，含淚請求亭長把他的愛馬帶走。

可那烏騅卻怎麼也拉不動，一直回頭看着自己的主人，

項羽揚手讓亭長快拉牠上船。

怎料船剛一離岸，那匹馬便一聲長鳴，

跳進洶湧的江水中，很快便沒了蹤影。

這時，漢軍已經追來。
項羽讓士兵們下馬，
拿着短刀，準備跟漢軍做最後的拚殺。
楚兵一個個倒下，最後只剩下項羽一人。
已窮途末路的項羽在漢軍中
看到了自己從前的將領，
就對他說：
「聽說劉邦願用黃金千兩、
封邑萬戶懸賞徵求我的人頭，
念在我們同鄉之情，
你就拿我的頭去領賞吧！」
說罷舉起了寶劍，自刎在烏江邊。

項羽死後，楚地全部歸降漢王。

不久，漢王劉邦便建立了中國歷史上繼秦朝之後

第二個大一統王朝——漢朝。

項羽（公元前232年—公元前202年）

項氏，字羽，楚國下相（今江蘇宿遷）人。項羽是楚國貴族的後代，自幼師從於叔父項梁。他是威武的八尺大漢，一心想要有敵萬人、駕馭全軍的本領，練就了過人的武功，力大能舉鼎，年紀輕輕便戰功赫赫。他親自率軍起義反秦，結束了暴秦的統治，定都彭城（今江蘇徐州），封滅秦功臣及六國貴族為王。此後，他與漢王劉邦展開了歷時四年的楚漢戰爭，最終兵敗垓下（今安徽靈璧縣南），突圍至烏江邊自刎而死。

劉邦（公元前256年—公元前195年）

沛豐（今江蘇北部）人。劉邦出身農家，早年當過亭長，為人豁達大度，交友廣泛。他對民間疾苦有切身體驗，因此治軍嚴明，不擾百姓。後在謀士的助力下攻破項羽率領的楚軍，成為西漢王朝的開國皇帝，對漢族的發展以及中國的統一有突出貢獻。

虞姬

　　項羽的寵姬，名虞。有美色，善劍舞。虞姬愛慕項羽的勇猛，嫁給項羽為妾，常常隨項羽出征，形影不離。據說，詞牌《虞美人》便得名於虞姬。

張良（約公元前250年—公元前186年）

　　潁川城父人，秦末漢初傑出的謀士、大臣，與韓信、蕭何並稱為「漢初三傑」。張良的祖父、父親等先輩在韓國的首都陽翟（今河南禹州）任過五代韓王之相。他則憑藉出色的智謀，協助漢高祖劉邦在楚漢戰爭中最終奪得天下，幫助呂后扶持劉盈登上太子之位，被封為留侯。

歷史典故

秦末楚漢爭霸時期，公元前205年夏，項羽在彭城（今江蘇徐州）大敗漢軍，劉邦退到滎陽。此後，楚漢兩軍在滎陽一帶互相攻伐長達兩年之久。公元前203年，劉邦出兵攻打楚國的成皋，並順利攻取了成皋，屯兵廣武。項羽得知成皋失守後，立即調兵前往救援。為了迫使劉邦投降，項羽據城東把俘虜來的劉邦的父親拉至廣武山（今霸王城）上，要脅劉邦說：「你若不及早投降，我就把你父親下鍋煮死。」劉邦卻故作鎮靜地說：「當初我們二人共同反秦，盟誓結為弟兄，我的父親就是你的父親。如果你要煮我們的父親，別忘了給我一碗肉湯。」項羽聽後更加惱怒，決定殺掉劉太公。在項伯的力勸之下，太公倖存。但劉邦閉城不出，並派大將韓信率兵抄了楚軍的後路，佔領了河北、山東一帶。項羽因為糧缺兵乏，不得不被迫接受「中分天下，割鴻溝以西為漢，以東為楚」的要求，歷史就這樣使鴻溝成了「楚河漢界」。

楚河漢界

「楚河漢界」指的是中原地區今河南省滎陽市黃河南岸廣武山上的鴻溝。溝口寬約800米，深達200米，是古代的一處軍事要地，歷代兵家必爭之地。西漢初年楚漢相爭時，漢高祖劉邦和西楚霸王項羽僅在滎陽一帶就爆發了「大戰七十，小戰四十」，因種種原因項羽「乃與漢約，中分天下，割鴻溝以西為漢，以東為楚」，鴻溝便成了楚漢的邊界。

霸王別姬

項羽有一美人叫虞姬，有美色，善劍舞，常常陪伴項羽左右，但項羽在垓下要率領精騎準備突圍，不得已作歌與虞姬訣別，虞姬也作歌附和，表必死之心，與項羽淚別。霸王別姬後又被改編為戲曲、影視、小說、歌曲等文藝作品。

中國象棋

　　現在象棋棋盤中的分界線「楚河漢界」就來源於楚漢戰爭。從棋盤的格式上看，楚河漢界兩邊分別是九條直線、五條橫線。九，在數字上為最大，五，在數字中處於中間，豎九橫五組合成了「九五」至尊，它至高至大至廣，代表了皇位。兩邊擺上了棋子之後，形成的黑紅相峙、相爭，正好藝術地再現了楚、漢爭奪天下的歷史面貌。

　　河南滎陽是中國象棋的發源地。現在在滎陽廣武山上還保留有兩座遙遙相對的古城遺址，西邊那座叫漢王城，東邊的叫霸王城，傳說就是當年的劉邦、項羽所築。兩城中間，有一條寬約300米的大溝，這就是人們平常所說的鴻溝，也是象棋盤上所標界河的依據。當戰爭的硝煙在歷史的長河中漸漸消散，楚河漢界卻永遠定格在了中國象棋棋盤上，昭示着滎陽在中國象棋發展史上的特殊地位，滎陽也因此被譽為中國象棋之都。

與項羽相關的幾首古詩

題烏江亭　　（唐）杜牧

勝敗兵家事不期，包羞忍恥是男兒。
江東子弟多才俊，捲土重來未可知。

烏江亭　　（宋）王安石

百戰疲勞壯士哀，中原一敗勢難回。
江東子弟今雖在，肯為君王捲土來？

烏江·夏日絕句　　（宋）李清照

生當作人傑，死亦為鬼雄。
至今思項羽，不肯過江東。

垓下歌　　（秦）項羽

力拔山兮氣蓋世，時不利兮騅不逝。
騅不逝兮可奈何，虞兮虞兮奈若何！

打開藝術之門——琵琶·文武傳情

中國當代著名琵琶演奏家、中國民族管弦樂學會副會長、中國音樂家協會琵琶協會常務副會長、

原中央民族樂團副團長、首席琵琶演奏家　**吳玉霞**

　　我出生於上海，是藝術普及教育的受益者，也是從學琴的那天起才開始慢慢喜歡上琵琶的愛樂者。記得當時我家從五里橋街道搬來馬當路，印象最深的是看到弄堂周圍的孩子們都在學樂器，特別是放學後背着琴回家很是羨慕。好奇心使我加入了學習琵琶的行列，我的音樂啟蒙是在上海市盧灣區少年宮開始的。

　　少年宮的藝術普及教育是從零基礎開始的，當時因為我在讀的八聯小學設有很多課外興趣班，我手的條件好，因此就被少年宮琵琶組衛祖光老師選上了。其實當時我對音樂的靈性、天賦以及我的性格因素，用現在很多人的審視標準來看，似乎外在條件並不佔優勢。我性格內向不善言談，父母與音樂又沒有任何的關聯。僅憑着我學習成績優秀和一雙細長的手被選到少年宮去學習琵琶的這一切，至今令我欣喜難忘。

　　雖然家庭普通，但父母在我人格、意志的培養上，使我終身受益。早年學琴，除了接受嚴格的訓練和老師的悉心指教，我自己最大的優勢，就是肯吃苦、愛鑽研，懂得「腳踏實地」的重要和「工夫在詩外」的道理。其實當年一起學琴的同學中，我是起步比較晚的，相當於小學三四年級才開始學。回想1972年，尼克遜首次訪華來到上海，我有幸作為上海市少年宮女子彈唱小組的成員，為周恩來總理和尼克遜總統演出。自從那次不尋常的文藝經歷，激發了我的學習熱情，不知不覺習藝至今已近五十年。自從考入上海人民廣播電台少兒合唱團樂隊，以及1977年考上北京以後，自己慢慢地對琵琶這件樂器產生了興趣。從起初的好奇，慢慢的熱情，昇華到現在的感情，這些都和一次次的「機遇」有關。就目前來看，我的生活依然保持與琵琶藝術密切相關。

　　琵琶是中國最具代表性的民族樂器，起源於秦漢，盛行於唐朝。漢朝劉熙《釋名·釋樂

器》：「枇杷本出於胡中，馬上所鼓也。推手前曰枇，引手卻曰杷，象其鼓時，因以為名也。」琵琶除語義、造型之美，常以音韻古樸、技法繁複、文武兼備、經典豐厚吸引無數愛樂者，深得各界人士的喜愛，是藝術舞台重要的文化標誌、民族符號。其清麗婉轉、激越剛烈的技法特質，曾被唐朝著名詩人白居易《琵琶行》譽為「珠落玉盤」之音、「鐵騎刀槍」之鳴。琵琶是中國民族音樂中表現力最為豐富的樂器之一。

通常在以漢族樂器為主體的中國民族管弦樂隊中，總體可分為四大聲部：吹（吹管樂）、拉（拉弦樂）、彈（彈撥樂）、打（打擊樂），琵琶屬於彈撥樂聲部。在西洋管弦樂和交響樂隊中，大家能看到有些和我們相似的聲部，比如拉弦樂、吹管樂和打擊樂，但在演奏特性、音色風格和族羣關係上，中、西樂隊各聲部之間的差異還是很大的。關於彈撥樂，除了民間特色樂器，西洋管弦樂隊常見編制中僅有豎琴，而中國民族管弦樂隊中的彈撥樂器是中國民樂最有特色的彈撥羣體，其演奏特色和規模也是西洋樂隊無法比擬的。琵琶在彈撥樂聲部中是很有代表性的樂器，在民族管弦樂隊中起着十分重要的作用。無論是獨奏，還是合奏、重奏，戲曲伴奏，包括近年來較多的與中、西樂隊協奏中，都有非常好的呈現。除此，琵琶更是一件極具獨立性的樂器，有很強的音樂表現力。總體而言，琵琶具有成熟之美，演奏時必須調動左右手十個手指達到均衡利索、協調一致，其音域寬廣、技法全面，作品豐厚、意蘊深刻等特質已形成自身格局。琵琶又被稱作「彈撥樂器首座」。

說到琵琶曲，不少人最為熟悉的是傳統樂曲《十面埋伏》，這不僅說明《十面埋伏》作為經典曲中的經典其影響力之大，還應該說與七十年代中國藝術團家喻戶曉的大型藝術片

《百花爭豔》的傳播力度有關。在我數十年參與的藝術活動與日常觀察中了解發現，人們普遍反映喜愛《十面埋伏》的原因，是認為這首樂曲壯觀、有氣勢，為音樂的震撼力、演奏的爆發力和獨特的音效而讚歎。其次也有不少愛樂者是通過電影《甲午風雲》中鄧世昌的形象以及配樂所選的音樂素材認識《十面埋伏》的精彩，並為之增添幾許親近。對於作品本身的文化內涵、技法特質，包括背景故事、人物形象只是從文獻史料或通過其他姊妹藝術作品獲得參照，為此我們以解析的方式與大家分享感知，以求傳承經典、品讀經典。

《十面埋伏》，描寫的是公元前202年劉邦採用「十面埋伏」的戰術打敗項羽的激烈戰爭場面，樂曲結構龐大、氣勢恢宏，突出的是劉邦——一個勝利者的形象，以及講述的是「楚漢相爭」「垓下之戰」整個過程，即戰爭前的準備、戰爭中的拚殺以及戰後得勝回營。據資料顯示，現存樂譜最早可見於1818年的《華秋蘋·琵琶譜》。古往今來《十面埋伏》在民間流傳甚廣，歷代樂人偏愛有加，此曲又名《淮陰平楚》《楚漢》《十面》，其演奏版本在不同時期暨各家各流派風格迥異，段落分佈略有不同，但內容格局大致相似。《十面埋伏》是由若干個小標題匯聚而成的套曲，目前藝術院校常演奏的版本多為林石城、衛仲樂、李廷松、劉德海等演奏譜。選用列營、擂鼓、號角、吹打、排陣、走隊、埋伏、小戰、大戰、簫聲、吶喊、傳號收軍等段落比較常見，我在演奏中主張突出氣勢飽滿和一氣呵成。曲中除了左右手常規指法，還運用了大量特色技巧來模擬音效，將古戰爭場面描寫得淋漓盡致。此曲樂段標題式音樂特點明確，有助於解讀和領會作品意境。比如，吶喊段，運用大量的絞弦、並弦、大幅度推拉音等手法直至高潮，形象地再現戰場上的拚殺與激烈；吹打段，曲調雖然相對平穩，但兩小節一組空弦固定的節奏音型，

使原本較平緩的旋律增添了厚實和浩蕩之氣；而埋伏段模進式音型句法清晰，緊湊的結構由長漸短、由大變小，演奏中雖然音量不大，但弱而不虛，呈現一種不安和謹慎的張望狀態，形象逼真……

琵琶曲通常有文（曲）武（曲）之分，《十面埋伏》屬於大套武曲。武曲演奏講究功力，即對演奏力度、速度和音質要求很高。由於曲風彰顯的是氣勢磅礴，故需要演繹者巧用力點、始終保持耐力和耐心。曲調中有很多技術技巧、音韻特色需要演奏者合理把控，特別是模擬戰爭中的拚殺、追逐所引入的大量噪聲和馬蹄聲應恰當分寸；而在語匯表達和手法運用上始終貫穿着一種緊張而有序的張弛合度。提及「楚漢相爭」，繞不開另一首琵琶曲，即《十面埋伏》的姊妹篇《霸王卸甲》，這兩首經典名篇都屬於標題性大套敘事類，以我個人詮釋視角暨審美習慣（我經常會在音樂會中將這兩首作品同時演奏、比較），常常會選擇其中

的一首用「武曲武彈」，另一首則以「武曲文彈」，即武戲文作，旨在展現琵琶藝術的豐富性和多樣性。

《霸王卸甲》主線描寫的是項羽和一場戰爭的過程，歌頌的是一個失敗的英雄及其內心的複雜心情，項羽在戰場上是個勇士，在生活中是活生生的一個有血有肉的人，雖然人們熟悉、記住了項羽戰場上勇敢的一面，也熟悉了解他和虞姬的愛情故事，但如何運用琵琶語匯藝術地表達作品深意，尤其是當項王丟失江山、面對四面楚歌的那種矛盾心緒，將如何細緻拿捏準確表述，是演繹者必備的功課與思考。此曲不同演奏版本亦會有所側重，但武曲所顯示的非凡氣質依然突出。而內心那份淒美的「情感」、戲劇性的「感歎」，不同語境下的人文觀照各有「持重」。本人在演奏中比較注重戲劇性和內在張力，將「不規則的輪速」、「鍾情式的挽歌」比例放大，在逆向和不暢（呼吸）中游離徘徊，以更多的情感投入加大

武戲文作，使音樂語匯富有角色感，從而呈現人物內心情感的「真情流露」。在技法上，多處的掃、輪、吟、揉，在不失原貌的基礎上不以單純的「輕、響、快、慢」而論，突出氣質音韻，講究傳神、入情。需要說明的是，如果從審美認知和藝術表達上來把握作品基調，這樣的武曲「文」彈和文曲演奏中「文」的婉約與柔美，還是有質的區別。《霸王卸甲》從開篇（營鼓）至「楚歌」、「別姬」等各段中，技法多變，情緒昂揚，可謂武場氣勢氣質、文場悽美柔情，林石城、劉德海、王范地、李光組等演奏版各顯特色。本人認為多接觸幾個版本有益於深入、昇華，建議練習者可將升帳至垓下酣戰以及楚歌、別姬等核心素材作為基本功和技指法訓練。「楚漢之爭」，漢軍用「十面埋伏」的陣法擊敗楚軍，劉邦得勝，項羽烏江自刎。同一個故事成全兩首獨具個性的琵琶曲，這說明了琵琶具有獨特的藝術魅力和超強的表達能力。毫不誇張地說，尚未有一件樂器可以這樣獨立地來描寫一場戰爭、兩個人物以及一段重要的歷史戰役；恐怕也沒有一首樂曲能這樣大篇幅如此透徹地展現情景交融、栩栩如生的古戰爭場面而達到武曲的高峯之巔，唯有琵琶！

在音樂教育和文化傳承中，琵琶藝術有很多流傳廣泛的經典名篇，《陽春白雪》《春江花月夜》《彝族舞曲》《草原小姐妹》《春秋》等等。一首首佳作，一串串珠玉，以華美的樂章開啟人類文明的智慧，召喚着響亮的名字……在琵琶音樂賞析中，語匯之豐富飽滿、音韻之深邃靈動，是隨着曲調的變化而拓展的。先輩們為後人打下了堅實的基礎，願表達者、鑒賞者、傳播者，既有感性的認知又有理性的歸納，使藝術作品呈現深度、廣度與厚度。

琵琶是件「有滋有味」的樂器，琵琶音樂值得你我細細品讀。

作者介紹

于虹呈

2016 年博洛尼亞國際插畫展插畫獎得主，2015 青閱讀年度新人。

1989 年生於湖南。

2011 年畢業於中央美術學院，2012 年赴英國攻讀碩士學位，

學習插畫和版畫，畢業後全職致力於中國原創繪本的創作和創新。

著有《梁山伯與祝英台》《盤中餐》《十面埋伏》等。

《盤中餐》榮獲 2016 年博洛尼亞童書展插畫獎，第十二屆文津圖書獎，

2016 年桂冠童書獎，騰訊・華文好書獎等獎項。

樂中國系列

十面埋伏

于虹呈 / 著繪

責任編輯：劉萄諾
裝幀設計：鄧佩儀
排版：鄧佩儀
印務：劉漢舉

出版 | 中華教育

香港北角英皇道 499 號北角工業大廈 1 樓 B 室

電話：(852) 2137 2338 傳真：(852) 2713 8202

電子郵件：info@chunghwabook.com.hk

網址：http://www.chunghwabook.com.hk

發行 | 香港聯合書刊物流有限公司

香港新界荃灣德士古道 220-248 號 荃灣工業中心 16 樓

電話：（852）2150 2100 傳真：（852）2407 3062

電子郵件：info@suplogistics.com.hk

印刷 | 美雅印刷製本有限公司

香港觀塘榮業街 6 號海濱工業大廈 4 字樓 A 室

版次 | 2022 年 10 月第 1 版第 1 次印刷

©2022 中華教育

規格 | 16 開（250mm x 230mm）

ISBN | 978-988-8807-58-1

版權聲明

本系列中文簡體版書名為：「九神鹿繪本館」系列：《十面埋伏》

文字版權 © 于虹呈

插圖版權 © 于虹呈

「九神鹿繪本館」系列：《十面埋伏》由中國少年兒童新聞出版總社有限公司在中國內地首次出版簡體中文版，中文繁體版由中國少年兒童新聞出版總社有限公司授權中華書局（香港）有限公司以中華教育品牌在港澳台地區使用並出版發行。所有權利保留。該版權受法律保護，未經許可，任何機構與個人不得任意複製、轉載。